詩人의 향기

詩人의 향기

시인은 언어에 생명을 불어넣는 사람

모진 겨울 찬바람을 품고 하얀 눈꽃을 피우던 산야도 2월 하순이 되니 봄의 자리로 돌아가고 있다. 물이 흐를 것 같지 않던 개울에 물이 흐르고, 죽은 듯 앙상한 나뭇가지에 파릇이 새순이 돌아 꽃이 피는 이 신비로움. 자연은 무슨 힘으로 이리 극적인 장면을 연출해 내는 것일까? 그것은 끊임없이 생성 소멸하는 생명력이다. 자연이 연출하는 생명의 대서사시는 장엄하고 거룩하다.

시인은 언어에 생명을 불어넣는 사람이다. 자연이 사계 다른 모습으로 운치를 더해주듯, 시인은 끊임없이 창작을 통해 언어의 새로운 아름다움을 보여 주어야 한다.

예로부터 우리 민족은 문학을 숭상한 민족이었다. 아득한 옛날 공무도하가公無渡河歌 황조가黃鳥歌

정읍사井邑詞, 그리고 가시리 등의 고려가요와 수많은 시조時調와 한시漢詩를 짓고 읊조렸으며, 근래에 와서 김소월 윤동주 이육사에서 청록파에 이르기까지 정말 자랑스러운 시인들이 우리 문학사를 아름답게 정식해 왔다.

오늘날도 많은 사람이 시를 짓고 있으며, 그중에 우리 시와글벗문학회 동인들이 문학사의 한 페이지를 차지하고 있으니 자랑스러운 일이 아닐 수 없다. 이왕에 시인의 한 사람으로 자리매김하기 위해서는 생명력 있는 시詩, 읽고 나면 다시 읽고 싶은 작품을 출산하기 위해 산고의 노력을 게을리하지 말아야 하겠다.

시와글벗문학회 동인지 제5집이 상재되었다. 이 동인집이 문학을 사랑하는 사람들에게 새봄을 알리는 기쁜 소식이 되기를 소망하면서, 갈고닦은 기량을 이 시집에 담은 동인들의 노고와 출간을 위해 애쓰신 출판 관계자분들의 수고에 깊은 감사 말씀드린다. 애독하시는 분들께는 더욱 좋은 시를 짓기 위해 정진할 것을 약속드리면서 아낌없는 격려와 사랑 부탁드린다.

2018년 이른 봄
시와글벗문학회 동인회장 선중관 시인

CONTENTS

김 국 래

·아호 : 도담道談
·≪문학사랑≫, ≪서정문학≫ 신인작품상수상 시 등단
·시와글벗문학회 사무국장
·시와글벗문학회 동인지 제1집 『그대라는 이름 하나』, 제2집 『문장 한 줄이
  밤새 사랑을 한다』, 제3집 『말의 향기』, 제5집 『詩人의 향기』 공저
·e-mail : dodam1452@naver.com

고드름

가던 길 멈추고
망설이다 얼어붙은 중년

한밤에는 그리움을 모았다가
가슴 앓던 눈물 한 방울
떨구면 그만인 것을

헛된 꿈 바라보는 의문이었다가
발아래 땅 내음 맡으며
살면 그만인 것을

묵직한 마음 한 조각
!!! 로 내려노는다

흥

까막별 당신

당신에게 가는 일념을
차곡차곡 쌓았더니 탑이 되었다

억새꽃 지고 목이 시린 날
까막별 곁에서 내려온 당신은
한 알의 염주가 되었다

지상에서 마지막이길 바라며
지나간 것을 고독이라 했다

나무와 풀의 이름마저 잊은 채
탑을 돌고 돌다 잠이 들었다

달맞이꽃

해가 지고 달이 뜨면
홀로 가는 서러운 길

서쪽으로 떠밀려 가는
꽃가지 하나 꺾어 창가에 두었더니
등을 밝혀 뒤따른다

여물지 못한 이름
손을 내밀어도 잡히지 않고

밤새 너울진 시간의 눈동자
피었다 또 지었다

*동산국민학교

폐교된 국민학교
명판마저 떨어지고
잡초 무성한 운동장에
지난밤 두더지들이 다녀갔다

플라타너스 그늘 아래
재잘대던 아이들은 어디 가고
나뭇잎 소리만 창문을 흔들었다

우체부 대신 까치가 찾아와
햇살과 백일홍이 그렇고
그런 사이라고 귀띔도 해주었다

* 동산국민학교:충남 논산에 있는 폐교된 작가의 모교

곰국

무심한 다리와
여우의 동간 난 꼬리를 넣고
아내는 곰국을 끓인다

얼마나 끓였을까
다 녹아내린 연골을 보니
닳아 짧아지고 구멍이 숭숭 뚫린
아버지의 뼈 사진이 떠오른다

겉으로 드러나지 않았던
지난날의 설움과
억겁의 응어리가 우러났을까

곰국의 진한 맛을
이제는 조금 알 듯하다

그냥

아지랑이 치맛자락을 잡고
졸고 있는 휴일
아내의 뱃살을 쿡 찌르며 물었다

나 사랑해?   고개만 저었다
그럼?   그냥

꽃잎 같았던 여인이
세상에 치이고 삶에 쪼들린
낯선 길 위를 무던히 걷고 있다

서로에게 물들여져
본연의 색을 잊고 살아온 날들
갈라진 틈새로
가득 채워진 일상의 사금파리들을

'그냥'이라 부르는
무량한 소리

˙연산역

막차가 당도하면
황산벌에 바람이 불기 시작한다

기쁘고 더러는 슬픈 표정의
점과 점들이 선이되고
선과 선들이 모여
뭉글한 추억을 싣고 온다

붉어지는 눈시울의 노을도
그리움을 찾아 기차를 따라가고

침목 사이 외로운 쑥부쟁이
절음절음 목이 쉬었다

˙ 연산역 : 충남 논산에 있는 역

그리움

할아버지와 할머니가
차례차례 산으로 이사를 하고

재래식 화장실과 두엄 냄새 가득한
잿간이 모두 허물어졌다

위태하게 걷던 닭이 산고의 홰치던
나무 울타리마저 뽑히고

머릿방에서 남몰래 홑이불 적시는
누이의 눈물을 그리움이라 불렀다

김 선 순

· ≪현대시선≫신인문학상수상 시부문 등단
· 시와글벗문학회 동인
· 시와글벗문학회 동인지 제1집 『그대라는 이름 하나』, 제2집 『문장 한 줄이
  밤새 사랑을 한다』, 제3집 『말의 향기』, 제5집 『詩人의 향기』, 현대시선 동인
  지 『시인 공작소』 공저
· e—mail : kss01033409187@gmail.com

고백

"나, 자꾸만
당신 속으로 들어가고 싶어져"
설원에 동백 같은 고백 한 줄이
입덧을 올립니다

그 붉은 한 줄을
핑크빛 감성에 문대어 보고
푸른 이성에 씻어도 보고

어둠이 묽어지도록
얽힌 두 얼굴의 야누스가
순전한 아침 햇살을 맞아
고백합니다

언제부턴가
내 혈관 속 푸르게 범람하는 당신은
참을 수 없는 뜨거움이라고.

낙화·2

"널 안고 싶어"
때때로 그댄 달큰한 말로
귓가를 간질였지요

그 꽃 같은 말에
일초의 망설임도 없이
"저두요"라는 말이 튕겨 나올까
입술 깨문 순간이 있었다는 걸
아시나요 그대

바람 같은 그대라서
또 다른 꽃을 찾아 흔들 거란 걸 알지만
그대가 스친 꽃들의 고백에
슬픈 파문이 일어요

운명이라 여겼던 어리석음에
사소한 농담에 흔들려 핀 부끄러움에
잡은 손 이제 그만 내려놓아요

바람 같은 그대로 하여
찬란한 봄이 집니다.

그 여자의 계절

한때,
가시를 세워 찬란했을 여자가
한 꺼풀 생기를 벗고
거스르지 못할
생애 속으로 밀려들어 갑니다

아직
뜨거운 여자이길
그 누구의 누가 아닌
오롯,
나 스스로 한 사람이길

바람든 무 속 같은 가슴으로
언제 꺼질지 모를 싱크홀을 품고
제5 계절을 걷는 여자가
바스스, 부서질 듯한 걷기를
도강 중입니다.

분홍전쟁터

바리케이드가 무너졌다
외곽에 진을 치고 호시탐탐
수도권 입성을 노리던 향기 바른 반란군과
힘 잃어 온순해진 쇠락한 계절과의 대치 사이
그들이 온다고, 오고 있는 중이라고
유언비어 분분하더니
거침없이 밀고 올라오는 분홍전사들의 진군소식과
당당히 대치하던 지난 계절과의 접전소식이 연일
웨더뉴스를 달구더니
수도권이 함락 당했다는 향긋한 패전 소식에
분홍전쟁터는 소리 없는 아우성으로 왁자지껄하다
발화의 포성으로 비릿한 꽃 내의 낭자함으로
서서히 점령당하는 수도 서울은
환장할 봄날로 초토화되기 일촉즉발의 전야.

풍문

들도 보도 못한 곳에서, 굴뚝 없는 굴뚝에서
모락모락 피어오른
풍문이 지지리 풍년이다
근본 없는 뼈다귀 같은 말들이 사랑도 없이 잉태되고
만삭이 되기도 전 미숙아를 낳는다
가볍기가 이루 말할 수 없는 그것은
침 흘리며 기회 삼는 이들의 입방아에
먹음직하고 보암직하게 부풀려지는 공갈빵이 되고
시기 질투로 토핑 얹은 피자 조각이 되고
짭조름한 맛에 매료되어 질겅질겅 씹게 되는
오징어 뒷다리쯤이 된다
주린 그들에겐 배고픔을 자극하는 유혹이겠고
터지는 순간 조바심의 희열에 가슴 졸이며 터트려보는
빵빵한 풍선 같은 건지도 모르겠다
혹여 나도, 그대도
떠도는 그것들에 슬쩍 이스트를 뿌리진 않았는지
치즈가루 솔솔 뿌려 그 풍미를 더한 적은 없는지
지금 이 시각도 오징어 뒷다리의 짭조름한 맛에
멈추지 못하고 질겅거리고 있는 건 아닌지.

관계에 대한 소고

살아남기 위한 진화는 때때로 음흉하다
삶과 죽음이 교차하는 먹이사슬
위기의 순간 배경과 하나가 되고
나무가 되고, 나뭇잎이 되고
꽃이 되고, 꽃잎이 되고
개구리가 날개를 달고 도마뱀이 비행을 하고
초록뱀이 에스라인의 활강을 하기도
사람과 사람 사이 관계의 진화도 다양해서
은둔의 유배를 선택하거나
가시 없는 혀로 독을 발라 할퀴고
쥐가 되어 고양이를 깨무는 반란을
때론 날짐승이 되고 들짐승이 되는 이중성을 발하기도
어리석게도 덤불 속 고개 처박고 숨죽이는 몰골에
실소를 자아내기도 하는

우리의 관계들은 어떠한가
어떤 관계를 꿈꾸기도 하는가 그대는.

거미의 건축학

공중누각이다
건축미가 가장 돋보이는 시간
밤샘작업으로 완성시킨 건축가의 진면모를 엿볼 수 있는
한 채의 누각이 공중부양 되었다
도안도 없이 이슬을 꿰는 섬세함으로
하룻밤 사이 누각을 세운 건축가는 필시
베 짜는 솜씨가 출중해 신의 질투를 부른 아라크네의 혈통
진액으로 뽑아 올린 실크원사
유연하게 바람을 통과 시키는 성근 직조
투명하게 나염 처리된 건축자재
포획한 먹이에 한껏 예를 갖춘 투명 수의로 돌돌 말아
전장의 전리품처럼 달고 바람 그네를 탄다
목숨 줄 저당 잡힐 줄 모르고 날아든 포로들
동물적 감각마저 무장해제 시킨 건축양식이다

밤새운 노동의 기진에 웅크리고 있던
건축가의 예민한 촉이 깨어나는 시간
공중누각의 공양이 시작된다.

풍경을 일으키는 것은

푸른 이마와 이마를 맞댄 그들은
온몸을 적시며 축제 중이었다
세상 남자들의 심장운동을 서두르게 했던
먼로의 치맛자락에 비해
내보일 것 하나 없는 속내 펼쳐
토도독 토도독 난타에 몸 흔드는 그들
버거울 만큼의 빗물이 고이면
스스로 기울이고 여릿여릿한 탄력으로
다시 튕겨 오른다
저 버거움을 지탱하는 힘의 근원은 필시
숭숭 뚫린 뼈마디로 진창에 길을 내었을 뿌리
그 어미들의 질척한 삶이겠다
우리의 생이
그 어미의 노고를 딛고 서 있는 것처럼

어미의 붉은 숨결은
세상의 풍경을 일으킨다.

박 동 주

· 《문학사랑》신인문학상수상 시조부문 등단
· 현)김해 태림학원 운영
· 시와글벗문학회 동인
· 시와글벗문학회 제2집 창작마당 우수작 선정
· 시와글벗문학회 동인지 제3집 『말의 향기』, 제5집 『詩人의 향기』, 인연 사
  람들 『여름나무』 공저, 2017년 서울지하철 시민 시 공모작 당선
· e-mail : wing6168@naver.com

신의 헛기침
애이불비哀而不悲
안부인사
느닷없는 날
상처
빨래
뫼비우스
이유

신의 헛기침

신의 양 가슴이
하늘과 땅이라면
분명 땅은 왼쪽이다

어지러운 인간사에 끊임없는 날들
얼어버린 시간에도 붙어있는 숨들
우린 신의 심장에서
살아가는 것이다

딱, 한 번
초침이 시침과 겹쳐지며
머뭇거리는 순간
접혀진 날과 날 사이에서
신은
가슴 아팠던 날을 잊고자
호흡을 참으며 기침을 한다

그게 봄이다

애이불비哀而不悲

동시에 처량하고
다르게 아파하려 했으나

누구 하나같지 않고
누구도 다르지 않음을
이제야 확인하게 되었다

이미 다른 너를
이면에 두고 있었으면서

* 哀而不悲 : 속으로는 슬프면서 겉으로는 슬프지 않은 체함

안부 인사

어찌 지내냐 묻고자 해도
잘 지낸다는 말에도, 못 지낸다는 말에도
아플 걸 알기에
난 잘 지내려 해
라 하려 하니
쓴 눈물이 되려 묻는다

넌 어찌 지내?

느닷없는 날

샤워기도
우는 순간엔
주춤거리며 고개를 젖히는데
눈물 쏟아내는 내가
어찌
주저앉지 않을 수 있겠어

거르지 못한 날들이
구멍구멍 뛰쳐나오는데
어떻게
함부로 주워 담을 수 있겠어

벽에 걸린 너라도
목 놓아 울 수 있게
바닥에 내려놓는데
난처한
내 눈물 무게에
일어설 수가 없다

상처

불 때마다
커지기만 하는
풍선이라 해도
터트릴 땐
대단한 기술이나
화려한 도구가 필요치 않다
그저
바늘 하나, 정확하게
쑤욱
밀어 넣으면 된다

그게
심장을 뚫고 가는
헛바늘일 때는
더욱 확실하다

빨래

비가 와야
빨래를 하는 아이

몇 해 묵힌 옷을 입고서
올 하나, 뜯어진 실밥 하나까지
비에 적셔 두었다가
이마 열이 오르면
그제야 빨래를 한다

아무리 눌러 밟아도
쉽사리 빠지지 않는 때가
빗물에 불어
무거워질 대로 무거워지면
내려앉은 어깨를 주워 올린다

빨래가 끝난 것이다

어떤 시간은
그 깊이가 너무 깊어

몇 해를 불리지 않고서는
빨아낼 수가 없는 것이다

말간 하늘을
단단히 붙잡고 있는 집게에
그 아일 널어둔다

뫼비우스

덜어낸 나보다
더 많은 너로 채웠던 날들

사랑과 헤어짐은
등짝 하나 맞대고 있을 뿐
별반 차이가 없어
헤어진 지금에도 사랑이다

그러다 구분되지 않는
시작과 끝이 만나면
한번은
젖혀지고, 뒤집혀야 될 일

하여, 하여
시작은 보낼 때처럼 느리게
보낼 땐 만나러 가듯 빠르게
그러다
끊어질 듯 보이지 않는 경계에선
뒤틀리더라도 견딜 것

덜어낸 너보다
더 많은 나로 채울 때까지

이유

바람은
방향은 있으나 크기가 없고
향을 지녔으나 색이 없으며
세기는 가늠되나 세는 단위가 없는 건
그러함에 관계없이
하나이기 때문이다

너 역시
그러하다

• • •

심 현 진

· 대구 거주
· ≪한국신문예문학≫신인문학상수상 시부문 등단
· 시와글벗문학회 동인, 아태문인협회 회원, 나라사랑문협 회원
· 제3회 법주도서관 가을백일장 장원
· 시와글벗문학회 동인지 제5집『詩人의 향기』공저
· e-mail : tnlavygksk@daum.net

여울

삐죽거리는
바람의 등살에도
햇살은
마냥 즐거워 보이고

바다 한 모퉁이에 서서
간절하게 기다렸을
당신이 짙어져
분주한 마음에도
초롱한 걸음을 걷는다

송글송글 맺힌 땀방울
그대에게 가는 길은

꽃씨처럼
뽀오얀 향기 되어
하늘물빛 담백함으로
깊은 눈웃음 자유롭다.

응급병동

엉귀성귀 얽혀
오그라든 심장

들숨과 날숨이
빛의 속도로 잠들기만을 바라는
불보살문을 연다

마른 잎 성글게
사납게도 달구는 시간
부디 멀리는 울지 마세요

비나이다
바라옵나이다
꽃처럼 선명한 계절이여

촉촉한 믿음
따뜻한 바람으로 시린 그대
내 님 품듯 안아주소서!

수크령

쪼그려 앉은
바람의 등에서도
풀 내음이 난다

또렷한 자태
순백의 넓은 마음 이슬방울이
풀벌레의 사랑놀이에
비올라 현을 켠다

정겨운 눈빛
다정한 숨소리로
눈치 없는 심장에
물기 한 줌 더해보자

곱상한 다짐이 살랑거리며
내게로 왔다.

내 안의 그대

뽀얀 웃음 받쳐 들고
노오란 아기 걸음 지으며 내려온
옥색 고운 봄날이
순하고 화사하다

사뿐사뿐 무지갯빛 리본
푸른 하늘에 날려서 뿌리며
한가로운 꽃구름 길
하얀 숲의 정담
내 맘 환하게 달구고

봄 송이 토도 톡
앙증맞은 소리에
곰삭은 그리움
여린 풍경 쓰다듬네

새콤달콤 꽃물 든 자리
아지랑이 붉은 수줍음으로
내 안에 촘촘히 안긴 당신

잘 지내나요, 그대

알알이 붉어 터져도
지칠 줄 모르는 내 그리움
그대, 보이시나요

춘향이 그네 뛰듯
하얗게 달이 뜬 늘 푸른
내 눈빛이

바랑의 기도

내 안을 들렀다 가는
지상의 모든 신호는
혼자 우는 처량한 풍경소리의
긴 합장을 알고 있을까

아직은 덜 여문
지혜의 등을 모으려
명쾌한 기운의 수풀을 움켜쥐며
산새를 그리워한다

휘어진 세상
세상 눈물의 무덤은
고운 무늬의 차크라로
다독여 채우며

영혼의 고립
고뇌의 터널은 바랑의 순례에
기도로 녹아내린다

존귀함과 온전함을
소문처럼 염원하며
바랑을 열어 진리의 호흡
자유롭게 놓을 일이다.

부모

지친 그리움에
뒤척이던 기러기 잠이 들고
서리꽃 하얗게 눈물짓는 소리에
한숨짓는데

허리 휘도록 짊어진
아슬한 삶의 수레 위에
풋풋하고 싱그럽던 추억이 걸린
개미의 어깨가 서럽다

별에게 들려주고픈
아름다운 이야기는
어디에 있을까

서걱이는 어둠을
걷는 눈빛은
신의 계획안에 갇힌 채
동그랗게 떠오르는 꽃들을
예불로 업는다

까끌까끌한 모래밭에
한 송이 희망 소란 없이
다독여 채우니
휘청거리는 발걸음이
봄처럼 뜨겁다.

눈이 내리네

하늘 섬 옥 섬의 천사들이
나들잇길에 올랐다

고운 모자를
눌러쓴 지붕들이
서로 이마를 맞대고 앉아서
긴 계절의 안락함을 위한 상의 중이라
여가 없이 분주하다

그리움은 닳아
낡아졌는지
엉성하여 손끝이 시리지만

하나의 사랑 노래는
알싸한 여운으로 남아
그렇게 싱그러운 봄 마음
가시나무 숲속에서도
바흐의 선율을 허락한다.

친구

행방을 쫓아
벌 섬 가운데에서 건너온 이야기
잘그랑거리며
마른 바람의 소리로
길 잃은 모습의 시간에도

전생의 숨으로
핑 도는 그리움 되어
싱그런 달처럼 긴 여름 숲이 된다
그대와 나의 눈썹 사이에
캔디 같은 얼굴이 모여
잃을 것은 아무것도 없다

뽀오얀 햇살의 손길이
우리의 리듬을 이해해주며
세월의 뒤척임과 함께
오랫동안 선물처럼 가는
길이면 좋겠다.

오 필 선

·안산 거주
·≪대한문학세계≫신인작품상수상 시 등단
·시와글벗문학회 동인, 창작문학예술인협회 회원, (사)한국문인협회 안산지부
 회원
·시와글벗문학회 동인지 제5집 『詩人의 향기』 공저
·e-mail : ops3342@hanmail.net

전갈

끙끙거리던 바람 한 줌
그녀 창문에 걸어 두고
밤이 깊도록 기척이 없어
구시렁거리다

윙윙 울음 토하도록
손바닥 비벼 온기를 모으고
꾸물대는 얄미운 구름에
눈총 주며 돌아선 뒷걸음질
달도 없는 창에 걸린 깊은 밤
내 바람은 밤새 울었겠다

이 계절 애꿎은 비는 뿌리고
창문 걸린 바람은 춥다
온밤을 비에 젖어 떨던 바람은
그녀 창밖에서 섧고
오도 가도 못 하는 내 전갈은
창문으로 설운 울음을 운다

이 계절엔 또 사랑은 비켜 가는지

발화점

사랑을 꿈꾸는 자여! 보았느냐
타오르는 불꽃의 자유로움과
이글거리는 춤에 욕망이
하나로 합쳐져 꽃으로 승화됨을

환한 밝음으로 주변마저 비추고
한 줌의 재로 남음도 감내하는
숭고하고 성스러운 희생을

사랑을 꿈꾸는 자여! 준비하라
진정으로 빚어낸 등잔을 만들고
긴 머리카락을 잘라 심지를 세워
심장에 흐르는 생명수에 기름을 붓고
불을 붙여낼 쏘시개를 만들어라

뛰는 심장으로 열어 낼 따뜻한 눈빛이
발화점을 찾아 최선을 선택하리라

산에 오르다

꼭대기로, 꼭대기로
보이지도 않는 산으로
오르려는 시도는 갈등

찬밥에 물을 말아 먹고
시린 이를 더운물로 헹구고
뻐근한 허리에 파스를 붙이며
잘못 길들인 성질머리를 세절하다
중간에 끼어 오도 가도 못 하는 신세

턱턱 숨이 막힌 오물 덩어리를
한꺼번에 토해내고 뱉어내며
엉성한 돌부리에 발을 베어도
바르지 않고 치유되는 연고

꼭대기로, 꼭대기로
저 보이지 않는 산으로 오름은
한 수를 감춘 명의를 만나러 가는 길

연

얼레가 풀리고 바람을 탄다
풀었다 조였다 숨 가쁘게 달려와
하늘을 날기 위해 준비한 시간들
꿈꿔왔던 세상에서 연이 되어 날았다
곡예를 부리는 멋들어진 광대가 되어

하늘 높은 구름 끝 가늠도 해보고
거꾸로 내려앉은 세상도 희롱하고
흐르는 바람을 가르는 날개 없는 연
동작 하나에 자지러지는 환호성
우쭐한 세상아! 흔드는 꼬리를 보아라

연이 되어 날고 있다
뻥 뚫린 가슴 허허로운 방패연으로
이리저리 흔들흔들 그저 꼭두각시
연줄에 매달린 허수아비 서러움도 우스워
새가 되어 나르련다. 날개를 달아다오
목줄을 풀어 너울너울 춤추며 나르리라
흔들거리는 세상 속으로

백 년으로 기우는 세월

지고 피는 꽃잎은
가고 또 오는데
세월만 반백 년을 넘어
차오른 연통 찌꺼기에
막힌 목구멍만 서걱거리네

복숭아 뽀얗게 익어가는 얼굴에
보송보송 솜털로 분 바르고
살짝살짝 스치는 바람에
빨간 수줍음도 성숙한 세월인데

그대라는 사람을 만나
그림자 속 뒤지고 그늘 뒤에 숨느라
지고 피는 꽃잎을 세어보질 못했네
몇 개를 피워내고 몇 개를 맺었을까
어느새 백 년으로 기우는 세월

神 앞에서

노래를 부르고 찬양하고
기도를 하고 춤을 춘다 해도
그리도 애태우던 비의 기다림은
神 앞에서 무릎을 꿇어라

척박한 대지에 목이 타들어 가
그대의 물레방아를 돌리고
대나무 텅 빈 속을 쥐어짜
갈아 마시던 갈증은

보았느냐?
그저 눈 깜빡할 시간에
너에게 목마름은 가당치도 않을
평등한 생명수가 내려지는 걸

봄을 수 놓았던 그 많은 향연보다
찬란하게 뿌려낸 한순간에 물꽃은
평등이라는 노래를 띄우고
평등이라는 춤을 추게 하였다
너의 찬양과 나의 기도는
神 앞에서 무릎을 꿇어라

전역하는 날

애벌레 한 마리 꼬물대던 이등병
누가 뭐랄까 가득한 긴장
꺾어 세운 허기진 등엔
곤두세운 가시털로 경계를 서고

만만한 나뭇가지 단단히 동여
실타래 뽑아 둥지 틀던 일등병

시름과 고통 감내하던 세월
어느덧 성충 되어 상병 되었네

내공은 무럭무럭 경화에 이르고
계급장 병장 되어 하늘 문 열어
가벼운 날갯짓에 창공을 박차네

아! 젊은이여 영원한 영광이

용기

가장 힘들고 어려운 결정은
고행의 길을 떠나
참됨을 얻으려는
순례자의 길보다 아픔이다

별이 쏟아지는 들판과
밤새 달음질친 달 걸린 창과
정적을 받쳐 들고 솟아오른 아침 해와
노을로 빠져든 석양의 물보라처럼

어둠에 갇혀버린 마음속
걷어낸 장막을 뚫어내는
가장 눈부실 빛으로 열어 낼
내겐 도전할 용기가 필요하다

거슬러 올라간 물고기의 강물엔
오르려는 단 하나
희생만 있었을 테니

• • •

오 현 주

· 月刊《文學空間》신인문학상수상 시 등단
· 시와글벗문학회 동인
· 시와글벗문학회 동인지 제1집 『그대라는 이름 하나』, 제2집 『문장 한 줄이
  밤새 사랑을 한다』, 제3집 『말의 향기』, 제5집 『詩人의 향기』공저
· e-mail : silkkiss@hanmail.com

찜질방

그 밀림은 요상한 곳
눈이 몽롱하게 반쯤 감긴 수컷 사자
짝짓기도 아니하고
저 혼자
누웠다 앉았다 체위 바꿔가며
거친 숨이 차오르는 오르가슴
가슴 달린 비단뱀
짝짓기도 아니하고
저 혼자
달아오른 몸을 말고 흘리는 땀방울
방울 달린 방울뱀
뱀 혓바닥이 핥아대는 젖은 숨이
달아오를 대로 달아오른 암컷 원숭이
벌거숭이 축축한 작은 구멍
구멍이 열리면 소금바다가 되는
그 밀림은 요상한 곳

관계

외다리 비둘기들의 발목은
외줄 전선에 가지런히 걸려 있었다

비둘기가 비를 피해 떠나자,
완두콩 같은 빗방울 형제
천진스럽게 대롱거렸다
빗방울 몇 형제가 땅으로 돌아갔고
빗방울 몇 형제가 하늘로 돌아갔다
필연적 떠남은
본질적 운명에 충실하다는 것

비가 그치면
외다리 비둘기는 외줄 전선으로 돌아와
남은 발목 하나마저 잃을지라도
생을 두리번거릴 테지

그러나 그러할 것이라는 말은
그러하지 못할 수 있음을 증명하고 있었다

아스팔트에 붙은 퀴퀴한 죽음
뒤집혀진 흑싸리 화투패처럼
차바퀴에 굴려진 비둘기
제아무리 날개 달린 짐승일지라도
기우뚱거리며 버텨내기 쉬웠을까
하늘을 날다가, 날다가
함부로 깃을 접는다면
나도 너처럼 떠나야 한다

전선에 물끄러미 매달려 있던
새똥 같은 빗방울 하나
정수리로 똑 떨어지고 있었다.

부싯돌과 원시인

시집 꽂힌 책장에는
부싯돌 가진 원시인이 살고 있다

7월 장맛비는
카랑카랑 목울음 쏟아내고 있다
본디 피와 등뼈가 시린 것들이 그러하듯
부싯돌 가진 원시인은
지룩지룩
젖은 제 몸에 불씨 댕겨야 한다

누군가 전해온 이야기는 이러하다
부싯돌 없이 불씨 없이
처연하게 앙상한 것들이 그러하듯
현란한 무늬로 덧칠하고
불꽃처럼 보이는 윈도우에 갇혀
진정 창녀가 부르는 노래
미처 배우지 못한 채
똥값에 몸 팔고 있다는 것

그러나 원시인은 저릿저릿 외로운 것
비록 바벨탑에서 오만한 언어를 잃었으나
조상 대대로 물려받은 습성이 그러하듯
부싯돌 지륵지륵
불씨 댕겨야 하는 것

'쥐라기 공원' 탈출한 육식공룡이
우리 집 습격한다거나
'천 마리' 아기 낳는 엄마가 된다거나
'밤 무지개' 뜬 가로등 불빛 보며
낮에 뜨는 무지개가 심술 내겠다거나
아무 걱정 없는 것들 걱정하는
아홉 살 딸아이의 순수가 그러하듯
부싯돌 지륵지륵
불씨 댕기는 나는,
아직 옷 한 벌 없이 가난한 원시인

이별 · 3

망설이다
서성이다
물 잔이 뒤꿈치에 걸려
쓰러진 후에야
거기에
목마름에 안달 난
내가 있었음을 알았다.

굳은살

비 내리는 날이면
건넛집 선녀보살 목탁 치는 소리
더는 흘러갈 수 없어
쌓이고 쌓인
퇴적층 치는 소리
하늘로 밀어 올리는
저, 뚝 떼어진 굳은살

루프(loop)
-기억이 기억하는 기억

대부분 기억이란 그러하다
멸망을 거절한 전사의 검은 얼굴에서
빛을 길어 올리는 일이다

어떠한 망각이란 그러하다
비극의 멸종에 도달한 축복이거나
신이 허락한 안락사이거나
시간이 저버린 약속을 대신하는 일이다

가끔 옷을 벗은 욕실에서
여자가 버린 사랑이 울부짖었으나
유기된 기억과는 상관없는 것

이젠 아무런 상관없는 일
살이 제멋대로 울어댈 뿐
─같은 말이 빙빙 돌았으나

끝내 사라진다는 말은
견딜 수 없이 슬프고도 무서웠다

허물어지고 허물어지다, 일어서고 일어서는
여자의 기억은
오래도록 같은 길이 열리는 땅을 찾아
루프를 건축했다

낡은 눈물을 낭비하기 위함이 아니다
모조리 쏟아내도 차오를 것이기에.

· 루프 : 고리의 형태로 반복이라는 의미

일용직 막노동

오늘도 허기진 배를 채워야 한다
높다란 하늘에는
시리도록 퍼런 바람이 들떠있다

하루치 밥값 벌기 위해
오로지 하나밖에 남지 아니한
젖은 신발 신고
내 것도 아닌 벽돌을 짊어져야 한다

이름도 없이 "어이, 노형"
돌먼지 뒤집어쓴 채
뒤돌아보아야 한다

먼지 묻은 수건
목구멍에 두르고
구슬땀 닦으며
눈물도 몰래 훔쳐내야 한다

그러나

그 누가 알겠는가.
불빛 허름한 뒷골목에서
하루치 밥값 움켜쥐고
소주잔 기울이는
그 사내
검게 그을린 어깨에 박힌
철근 같은 삶을.

매화

이 겨울에도 매화가 피었다

나조차 지니지 못한 정절, 나무는
외로이 품고 있었다

지나간 봄을 인내하며
나무뿌리에 숨어살던 사내가
우우- 침묵을 깨우면
가슴 위로, 매화
한 꽃송이 두 꽃송이 놓인다

나조차 지니지 못한 정절, 나무는
외로이 품고 있었다

살 에이는 시퍼런 바람이 불고
그 앙상한 나뭇가지에 매달린 젖꼭지
부풀어 터지고 나면
여인과 사내의 모습으로, 매화
한 꽃송이 두 꽃송이 피어난다.

• • •

우 현 자

· ≪청일문학≫신인문학상수상 시 등단
· 시와글벗문학회 동인
· 시와글벗문학회 동인지 제2집 『문장 한 줄이 밤새 사랑을 한다』, 제3집 『말
  의 향기』, 제5집 『詩人의 향기』 공저
· e-mail : fafsd@naver.com

너는 아메리카노야

모호한 감정의 어느 하루

보라하고 싶어요

사막 고슴도치

생태적 삶을 찾아서

시인 공작소

이름의 임종

춘곤증春困症

너는 아메리카노야

과하지 않은 슬픔이 비처럼 내리는 그런 날이야
가으내 떠날 준비를 했던 잎들이
넘치지 않는 눈물을 머금는 그런 날이야
결코 무겁지 않게 바닥에 몸을 구르는
그 위로 네가 지나는 그런 날이야
네가 식기를 기다려, 아니
이미 차가워진 너를 목구멍 속으로 밀어 넣으며
이제 뜨거운 내 말을 끌어안는 그런 날이야
단숨에 너를 삼킨다는 건 그만큼 심장을 데이는 일
너와 내가 주고받던
간극의 말이 굴러다니는 그런 날이야
첫 마음의 언어와 마지막 말의 모호한 체온 차이
하강의 시간 앞에 무기력하게 차오른 건
과연 눈물일까

거품 없는 네가 좋아
달달하지 않게 새롭게 눈뜨는 너라는 세상
까맣게 익어가는 -까맣게 까만 세상을 살아가지
너는 그렇게 질리지 않아서 좋아
그런 날이야

모호한 감정의 어느 하루

죽은 자가 그리운 건
잘 살아내지 못한 미안함이다
잘 살겠다고 약속한 무덤가에
꽃을 피우지 못함이다

꽃이 피기 전
초록의 잎이 나기 전
잿빛 무덤가에 눈물의 씨를 고이 심어놓고
물을 주지 않은 까닭이다

살아가다,
문득 죽은 자가 그리운 건
지켜내지 못한 약속의 퇴색함이 못내
미안한 것이다

하루 종일 물기를 머금고도 푸석해지는
눈뜬 자는 다시 하늘을 올려다보고
그가 살아내지 못한 생生의 시간을 걷는다

별빛, 달빛이
어둠 속으로 부서져 내리는 어떤 날
삶과 죽음의 경계가 헐거워지는 어느 날
내가 그대를 아주 많이 생각한다는 것이다

보라하고 싶어요

늘어진
등나무 꽃 커튼 아래
보라, 보라, 보라

사랑이니,
그리워서,
섹스하자,
그런 봄 햇살 죽이는 말 말고

벌건 대낮에
"우리 보라해요"하면
당신은 알아들을까

달 짝이 젖어드는 말
　　보라해
　　　　보라해 줘요

오월에 던지는
은근한 고백

우리 오늘

보라할까요?

사막 고슴도치

목구멍에 가시들이 돋아. 소리가 되지 못한 말이 가시로 진화해. 사막의 건조한 모래바람 속 분홍빛 속살을 숨기고 말을 잃어버린 듯 숨어있는 '나를 알고 싶어 글을 읽는 것과 글을 읽으며 나를 아는 것과 어떤 것이 바람직할까' 가시들이 근질근질 목구멍을 핥으며 질문을 해대 '비밀이고 싶어' 속살의 말랑함을 보여주고 싶지 않아. 가시를 더 빳빳이 세우고 촘촘히 세워 봐. 말이 되고 싶어. 음흉을 가지고 싶어. 목울대를 긁고 다니는 가시들 '무엇을 찌를까' 찌르려는 가시 하나를 뽑아 꿀꺽 삼키고 삼켜진 가시는 온 몸에 뾰족뾰족 제 살갗을 뚫으며 아우성을 쳐. 그러다 게운 흰 종이 위 새빨간 각혈, 나는 사막 고슴도치 한 마리를 키워 불모의 땅 생명을 유지하기 위해 배운 건 가시를 세우는 것. 다만 그것뿐. 찌를 수 없는 운명을 가진 나는 오히려 나를 찌르며 자위하게 돼. 비밀은 가시를 삼키는 것. 누군가를 사랑한다는 것은 이것.

그렇지 않아?

생태적 삶을 찾아서

새장 안에 새를 넣고 안락함을 꿈꾸라 한다. 투명한 수조 안에 물고기를 넣고 바다를 꿈꾸라 한다. 마른 플라스틱 화분 속에 꾸역꾸역 나무뿌리를 박고 숲을 만들라 한다. 사각의 틀 안에 집어넣고 동그라미 꿈을 그려보라 한다. 꿈을 꾸라고 꿈을 꾸라고 꿈을 꿔 보라고 한다. 돌아갈 곳이라 한다.

점점 새의 깃털은 창공을 벗어난 비대한 털이 되고 물고기 비늘은 윤기를 잃고 바다 냄새를 구별하지 못한다. 더 깊게 뿌리내리지 못한 나무는 깊음의 아름다움을 알지 못하고 네모난 꿈은 네모 모양을 만들다가 동그라미 꿈마저 지워버렸다. 나의 세상을 만들지 못한 시인은 별을 잃었다.

나와 너는 더 사랑하지 못하고 서로의 익숙한 체위마저 잃었다. 옹이에 옹이를 박으면서도 고독하고 우울하다. 퀭한 눈 비대해진 살갗 사랑은 통속이 되고 별은 울지 않는다. 안락한 집 속의 개는 늙어만 간다.

시인 공작소

시름시름 앓던 말들이 시월의 밤비로 내린다
오랜 생채기로 딱지 앉은
겹겹이 주름지고 골진 시간 틈 사이사이로

검은 입 덥석덥석 베어 물며 쓸쓸하게 안쓰러웠던
지독하게 어리고도 슬픈 말들의 놀이터

사랑이라든지 그리움이라든지
어떠한 것들의 지극히 때 묻지 않은 부드러운 순수

나. 에. 게. 강. 요. 하. 지. 마. 세. 요.

질 나쁜 말들을 꺼내 가을볕에 말린다면
다시 순수의 옷을 입을 수 있을까

한 편의 시詩를 만들어 내려는
일탈의 부끄러운 욕망
사랑도 필요해? 덤으로
남자랑 아주 동적인 오르가슴은 어때?

시의 주검 왈칵 쏟아진 비릿한 비릿한 비린내음이
그렇게 지나는 오늘 위로
네가 스치기도 어제가 흔들리기도

이름의 임종

묻었다.
그 앞에 잿빛 비석을 세우고
지난 시간들로 봉분을 덮었다

기억의 싹이 나겠지
너무 밝은 꽃은 피지 말기를

새 언어를 배우듯 신기했던
고유성의 명료함이 사라질 때
빨간 무늬를 그려 넣는다

가로로 한 획
세로로 한 획
아주 경건하게
아주 슬프지 않게

봄날 꽃잎 가볍게 떨어지듯
의미가 진다는 것은 그런 것

'벌써 여야 했어……'
무덤들이 분분하다

춘곤증春困症

　당신에게로 나 있는 숲길을 걷습니다. 길가에 키 낮은 꽃들은 온통 재잘거리고 가볍게 걷는 발등 위로 새들이 내려앉습니다. 커다란 떡갈나무 잎 제 손을 잡고 당신께로 이끕니다. 나는 좀 천천히 걸어보렵니다. 이 풍경을 조금 즐겨보렵니다. 이름 모를 들판에 한 그루 나무로 뿌리내리고 있을 당신 무한히 견고할 테니까요. 조금 늦는다 해서 자리를 옮기지는 않을 테니까요. 당신 숨결 같은 안개, 나를 숨기기도 당신을 비밀스럽게 하기도, 이슬은 톡톡 내 몸을 투명하게 합니다. 점점 투명하게 하는 이슬, 투명해지는 속살은 연분홍빛으로 물들기도 노랑 빛 나비가 되기도 합니다. 당신 위로 별이 쏟아집니다. 별빛 안으로 숨어듭니다. 그 심장 안에서 나는 어린아이가 됩니다. 팔딱팔딱 뛰는 혈관의 속삭임, 그렇게 온 봄입니다.

　내가 찾아냈어요
　당신 그렇게 살아내셨군요
　살아낸 당신의 생生이 아름다워요
　나를 품으신 당신, spring fever……

• • •

윤 혜 숙

·아호 : 가원佳園, 천안 거주
·≪대한문학세계≫신인작품상수상 시 등단
·시와글벗문학회 동인, 창작문학예술인협회 회원, 다솔문학회 회원
·시와글벗문학회 동인지 제5집 『詩人의 향기』 공저
·e—mail : gutnr123@naver.com

고향

윗골 김서방네
아랫마을 박서방네
돌담으로 새어 나오는 웃음이 곱다

동면댁 고향 집 고샅에는
옛 기억만이 둥당거리고

명절이면 언제나 찾아 드는
단골손님, 지독한 그리움

코스모스 인생에도
단풍이 들어 가슴을 붉게 한다

묵정밭

칡덩굴이
사계절 엮어
개망초를 빼곡히 심어 놓았다

경중이는 바람에
무성히 자란 들풀들은
우쭐거리고

묵혀 놓았던 깊은 땅속
암 칡의 코끝에
시큰한 눈물방울이 매달려 있다

밀크커피

선득해진 바람에
방구들 온기가 그리운 날

군불 지펴 시래기 삶고
솜바지 태워 먹던 때가 있었다

고무래로 불씨 돋은 삼발이에
노란 주전자 올려
설설 끓는 물로 밀크커피를 마시면

보드라운
내 임의 도톰한 입술이 착착 감긴다
자꾸만
그려지는 그 맛, 잊을 수가 없다

어떡하지

찬 바람이 배불리 잠자는 모습을
딱딱한 나무 의자에 앉아
두어 시간 바라보았더니
허리에서 빨간 등이 깜박거린다
둥싯둥싯 들어 안아
어르고 문지르며 달래본다
평소 말수 없던 허리가
뚜두둑 말대답을 한다
날이 밝아오면
대침으로 뜨끔한 맛을 보여줘야지
허리가 후들후들 떨고 있다

여섯 자매

서로를 끌어안아야
한 송이가 되는 인연의 꽃이 피었다

분홍 꽃잎
길고 짧은 운명으로
한 꽃대에서 바람을 막아주려
오므리는 떨림이 애틋하다

산야를 물들여 봄을 닮은 마음
웃고 있어도 눈물 나는 세월이
연정을 불태우며
혈관 타고 피워내는 간절함이다

어머니의 시간

가시밭길
골진 이마에 땀방울 흐르고

굳은살 배인 시간은
흐느끼며 빠져나가 거죽만이 외롭다

세월 덫에 걸려 명줄 잡은 긴 싸움
넋 잃어가는 모습이
눈물의 고갯길이다

먹구름 모여든 날
페달 밟아 오르는 인생길에
바람 빠진 바퀴가
털썩 주저앉아 서럽게 울고 있다

불똥이 가슴으로 튀어든다

욕정

밤
달아오른 마음을
식혀 줄 차가운 비가 내린다

삭정이로 불쏘시개하고
생참나무 얹어 태우니
모서리 마르지 않는 눈물이
뜨겁게 흘러내린다

하염없는 불꽃
붉은 소리 내며 허공에 날리고

찬비 맞아 젖어 든 마음
서서히 잠들어
환상 속 꿈길을 걷고 있다

시간이 약이다

아침을 서두르는 구름 따라
소집으로 달린다

음매 하는
목이 쉰 울음에
메아리가 대답이 없다

며칠 전 팔려나간
아기 소 어매 눈에서
그리움 방울이 톰방톰방 떨어진다

주인은
침묵을 메우는 한 토막의 말 대신
쌀겨 한 바가지를 살살살 얹어 준다

이 경 미

· ≪대한문학세계≫신인문학상수상 시 등단
· 시와글벗문학회 동인, 창작문학예술인협회 정회원, 대덕 시 낭송회 정회원
· 대덕 시낭송대회 2016년 대상 수상
· 시와글벗문학회 동인지 제5집 『詩人의 향기』 공저
· e-mail : ddmc_@naver.com

밥 짓는 여자

오후 다섯 시 반을 넘긴 시간
무료함에 눌려있던
저녁 같은 여자가
내려앉는 어둠을 털어내며
밥을 짓는다
여자는 생각한다
"혼자였으면 안 먹고 말 텐데"
배고플 자식 생각에 밥을 짓는다
여자에게 밥은 사랑이다
사랑이 여자를 먹게 하고
살게 한다.

꽃이 지는데

애인아!
이제 날 저물어
꽃이 지는데

나
아름다웠던 날
꽃 피고
향기로웠던 날

애인아!
그때 그 반짝이는 나를
네게 주고 싶었고
너를 만나
더 반짝이고 싶었지

피고
지고
피고
지는 사이

지천명을 넘어
망육望六 이란 나이

꽃이 지는데
꽃이 지는데……
애인아,
애인아!

*대동천의 아침

아침 퇴근길
짹째글
명랑한 참새는
벌써 낟 알갱이 몇 알쯤 주워
아들딸
소반을 지으려는지
무성한 갈대숲이 분주하고

간밤
윗마을 어디선가
단비가 내렸는지
개천의 물들이
서로 상견례 하는 소리로
소란하다

하천 정비 사업으로
많이 맑아 보이나
도시를 지나는 물의 몸에선
아직도 지우지 못한

오수의 향기 가득한데

4병동 선자 할매
옛 생각에 빠지셨나
천변에 앉아 나물을 뜯으시고
자라지 못한 왜가리 한 마리
긴 부리 오수에 드리우고
아침을 낚고 있다

어젯밤
욕실에 부어진 낙스 한 컵
정화라는 격식을 지나
저 대동천을 지나갔겠구나
23층 아파트 단지가 올려다보이는
대동천의 아침이 까마득하다

* 대동천 : 대전시 동구 판암동에서 시작해 신흥동, 대동, 소제동, 삼성
  동을 지나 대전의 3대 하천 중 하나인 대전천과 합류한다.

아버지의 지게

언제나 말을 아끼시던
아버지가
손수 만드신
아버지의 지게는
봄,
여름,
가을,
겨울,
쉬는 날이 없었지요

이른 봄
언 땅이 기지개도 켜기 전부터
아버지의 지게엔
거름이
김을 모락모락 올리며
세 평 반
처음 산 우리 땅에
뿌려졌고

한여름
닭 울기도 전에

논에 가셨던
아버지의 지게엔
아버지 세 배나 되는
쇠풀과 함께
지게 맨 꼭대기
붉은 산딸기가
가지 채 베어져 탐스러웠지요

추수하는 가을
온 동네 나락 베는 일에
얼굴 뵙기도 어려웠던
상일꾼
아버지의 지게엔
논둑 콩이며 수수 같은
가을걷이들과 함께
개암 가득한 가지와
산밤 나뭇가지가
먹어 보란 듯 대롱거렸고

눈 깊은 겨울에도
아버지의 지게는

쉬는 일이 없이
눈 쌓인 산을 오가며
삭정이
솔잎
때기 좋은 나무들로
산더미였답니다

어리고 철없는 딸은
아버지는
자식보다
일을 좋아하는 줄
알았습니다.

반질반질 닳아진
지겟작대기만큼도
우릴 사랑하지 않는 줄
알았습니다

말이 서툰
아버지의 사랑이
그 지게 위에

탐스러운 딸기로
개암나무 열매로
아람 벌린 산밤으로
그렇게 영글어 실렸다는 걸

먹어보란 말
한마디 없었어도
자식들 입에
딸기 들어가고
개암 오물거리는 걸
보시고 싶어
밤낮 없이 지게 품 파셨다는 걸

아버지 가고 없으신
이 계절에야
철부지 딸은 생각합니다
아버지 감사합니다
아버지
사랑합니다

엄마는 밥이다

엄마는
아버지의 밥이다
늘 지청구에 구박받는
쪽박 속의 밥이다

엄마는
자식에게 밥이다
배고프면 부르는
밥 타령이다

그렇게
퍼먹고
비벼먹고
말아먹고
긁어먹고

세월 지나 이제는 찬밥이다
버리자니 아깝고
먹자니 내키지 않는 쉰밥이다

남편 밥그릇에
갓 지은 쌀밥
고봉으로 담고

주린 자식 밥그릇
남은 밥 닥닥 긁어 담고
쉰밥 헹궈 눈물 밥 먹으면서도

엄마는 남편과 자식이
훗날 자신을 살찌울
고기반찬에 고봉 쌀밥이라
생각하며 배가 불렀으리라

엄마의 바람

아랫마을 명희 엄마가
바람이 나서 도망갔다고
이른 아침 우물가에서
온 동네 엄마들이 바람처럼 수군거렸다

내 마음은 온종일 밤송이를 밟은 듯 따끔거렸다
동네 천렵 때마다
반 잔 술에 취한 엄마가
주문처럼 부르던 노래가 머릿속을
바람처럼 휘젓고 다녔다
"앵두나무 우물가에 동네 처녀 바람났네"

해가 서쪽 산자락에서
넘어가기 싫어 한참을
시퍼렇게 울다 빨갛게 자지러질 때
그 노을을 온몸으로 끌어안고도 모자라
빈 사과 상자마다
노을빛 신경통 관절염을 실은
손수레를 끌고

장고개를 가쁘게 넘어오는 엄마를 보고
작은 가슴에서 흘러나오던 안도의 숨소리를
엄마는 듣지 못하셨다

기실
바람은 엄마 속에서 늘 소용돌이치고 있었고
그 바람이 엄마의 마음을 데려가지 못하고
집으로 보내준 것은
아버지의 사랑이 아닌
우리 사 남매의 배고픈 눈동자였다는 걸
그것은 몹시도 슬프고 숭고한 일이었다는 걸
알게 된 것은 내 나이 서른 즈음이었다
엄마는 자식 넷의 내일을 바람하며
가슴의 바람을 잠재우셨다는 걸

좋은 씨

매일 이 길을 지나며
눈여겨보아도
보이지 않던 냉이가
희고 작은 꽃을
무리 지어 피웠습니다

아무도 모르고
누구도 보지 못했지만
씨가 떨어진 곳에선
싹이 나고
꽃이 피고
열매가 맺히는 것을

내 말의 씨도
내 맘의 씨도
내 글의 씨도
어디선가 떨어진 그 모양대로
싹트고
꽃 피고

다시 씨를 맺을 걸

생각하니 덜컥

무서워졌습니다

섬

오늘 밤도
널 향한
그리움은
바다를 이루고
나는
그 위를
떠도는
외로운
섬이 된다

장 선 경

· 베스트학원 원장, 전 강남동아학원 대표강사
· ≪현대시선≫신인문학상수상 시 등단
· 시와글벗문학회 동인, 현대시선작가협회 총무국장, (사)한국문인협회 회원
· 시와글벗문학회 동인지 제5집 「詩人의 향기」, 동인집 「가을편지」, 공저 외
다수
· e-mail : cathy3348@hanmail.net

노을

탄생

홀씨

축복의 향기

꿈을 위하여

가을 하늘

우정

겨울

노을

까마득한 어둠 속의 깊은 침묵
부서진 길목마다 밤은 비단을 그린다

황망히 펼쳐지는 붉은 진주의 잔해들
하늘은 늘 그렇듯 이다지도 변화무쌍하다

들판을 적신 바람의 형형색색의 향연
향香내 나는 하늘의 기적

누군가는 빛나는 젊은 날을 그리고
누군가는 여기에 삶을 묻고 묻는다

이다지도 서글픈 그림을 만들어 내는 이 누구인가

지는 노을 위에 서 있는 그림자 외로이
노을 안에 숨기고 그리움을 토해낸다

붉은 노을 그 어딘가에
푸른 노을 그 어딘가에

탄생

캔버스에 종이배 띄워놓고
두둥실
달빛에 섬 띄워놓고
토닥토닥
섬광같이 너 내게로 온 날
아련한 봄날의 온기를 느꼈다

너
그 작은 향기는
달빛을 메울 만큼
누리를 덮을 만큼
촉촉이 피어나니
유년의 반딧불처럼 변치 않는구나

너로 인해 내 지나간 세월에
비로소 한 켠 집이 지어진다
너로 인해 산허리 굽어지듯 늙음을 알면서도
너로 인해 찬 겨울 견뎌낸 꽃의 생명을 본다

세상이 사랑스럽다
두 팔 벌리고 꿈꾸는 가로수마냥
나는 항상 서 있을 것이다

누군가는 말했다
변치 않는 보석이라고
너는 그렇듯 행복의 열쇠다

소중아
나의 소중아
우리의 소중아
긴긴 겨울을 지나 곧 보자꾸나
네가 보여줄
아름다운 색깔과 영혼이 기대되는 밤이다

홀씨
-새싹의 노래

허공 높이 올라
바람에 나를 싣는다

정처 없이 날아날아
나를 품을 너를 기다린다

홀로 있는 밤
매서운 겨울 내내 숨긴
당신과 못다 한 이야기를 구름에 띄우고
시린 밤을 날리운다

목메어 기다리던 너
웅크리던 지난날을 지우고
다시금 날 태어나게 할 너

깊은 새벽 태양이 뜬다
네가 온다
은은한 향기 가득 담고
다시 너와 마주할 나의 싱그러움을 보아라

온 힘을 다해 고개를 들어
너를 바라본다

봄,
나를 숨 쉬게 하는 너의 향기
나의 초록 생명이 피어난다
봄 너와 함께

축복의 향기

앞으로 걸어가야 할 길 멀고 험난하더라도
지금 걷는 이 길 잊지 말지어다
한 발 한 발 수줍게 혹은 당당하게 걷던
지금 이 순간을 기억하라

때론 길이 굽이굽이 멀어 보여도
고난이 수차례 앞을 가로막더라도
술 한 잔 연거푸 가슴에 삼켜야 할 때에도
모든 길 위에 함께 할 그대가 있음을 기억하라

겨울을 이기고 봄을 기다릴 때
초록 잎이 단풍으로 물들 때
서로를 채우며 가는 모든 시간을 값지게 보내라

이제 두 사람
걷고 있는 두 다리 성치 않을 때에도
낡은 의자마냥 하염없이 흔들릴 때에도
서로의 다리이자 지팡이가 될 수 있으리라

순간의 입맞춤에 달콤함보다는
영원한 맹세의 무게를 알고 나아갈지니
이제 두 사람은 한 사람의 영혼으로 살지어다

그대여 기억하라
빛이 나고 향기 나는 꽃향기가 바래지지 않게
서로에게 물과 햇빛 같은 존재가 되어라
지금 잡은 그 두 손의 따스한 온기를 기억해라
서로의 두 눈에 담긴 꿈의 낙원을 잊지 말아라

세상 끝없는 낙원의 즐거움을
이 행진의 끝에서 마주하길 바란다
매 순간 함께 있는 날들 속에 행복을 누려라
사랑하고 또 사랑하라

꿈을 위하여

아득한 풍경을 뒤로한 채 외로운 그리움 흘려놓고
지금 어디를 떠도는 것일까
엄마의 손끝에서 휘감기는 자장가 소리
지금은 아늑한데, 입 안 가득 꿈을 싣고 떠난다

시간이 꿈이 되어 꽂힌다
새벽 가로등 지새울 때 가녀린 문풍지 흔들리듯 춤추고
달빛 아래 고요히 잠들 때
인생의 시린 맛을 알던 나는 나를 비워낸다

부서진 파도처럼 밀려와
수많은 그리움의 모서리들이
빨갛게 익을 무렵
길 잃은 나그네마냥 구름 밟고 다시 돌아온다

푸름을 감춘 어둠의 씨앗을 툭툭치고
그 속에 갇힌 나
또 다른 나를
건져낼 이 누구인가

그곳에선 시간도 없고 공간도 없고
나도 없다
그러나
그곳엔 시간도 공간도 나도 있구나

깊고 푸른 누군가의 품속에서
어딘지 모를 그곳에서 나는
파란 지붕을 보고
초록 들꽃을 만나고 싶다

꿈 위에서 시간을 묻는다
몇 시인지 알 길 없기에
아련한 감정만 가슴 속에 묻고
뜨겁게 쏟아지는 황홀한 꿈

눈을 감아도 빗장 열린 그곳엔
어린 날 추억이 있고 잊을 수 없는
빛들이 흐드러진 꽃송이마냥
만개해 있다

나는 이곳에서 나를 비워내지만
나는 이곳에서 나를 채워가리라
텅 비지 않고 날개가 싹트는
잠 위에 꿈

나는 꿈을 꾼다
꿈은 나를 꾼다
꿈을 위하여
나를 위하여

가을하늘

붉은 영혼이 싸늘하게 가을을 적시듯
가을은 차디찬 적막의 도시다

초록을 앗아가는 가을의 잔인함에
달빛은 더욱 깊어지는데
멀리서 부는 바람의 머릿결은 오늘도 차갑구나

텅 빈 허공에는 빗소리만 자욱하고
낙엽이 떨어지듯 삶이 내려앉는다
황혼의 그림자가 내 가슴에 그대 가슴에
수 놓이듯 박히는구나

추락하듯 사라지는 초록의 싱그러움
사라지듯 말라가는 향기의 비명

불러 봐도 잊혀져가는
우리의 청춘과 같이
손끝에서 저만치 사라져간다

그 순간 공허한 가을을 깨우는
따뜻한 적막 소리
툭,
툭,
순간의 바람에도 날아가는 영혼의 흔들림을 붙잡듯
밤송이 하나가 스치듯 떨어진다

사라져가는 모든 것이 있기에
새 탄생이 있다는 듯 흙내음과 함께
툭툭 떨어진다

가을 비옥한 구릿빛 풍경을 보라고
붉은 영혼의 따스함을 보라고
달빛이 짙게 물든다

고개를 들어 다시 본 가을 하늘에
황금들판이 펼쳐지고 붉은 영혼이 적막을 삼킨다
새로운 시작을 알리듯
툭툭

따뜻한 적막이
여기 있다

허공
이
곳
에

우정
-동행

기억하느냐 너, 그때 그 시절을
철봉에 오래 매달려 내기했던 그 어린 시절
운동장의 크기를
한없이 컸던 운동장이
이제는 긴 세월의 간격으로 작아졌다
그 시절 나는, 그 시절 너는
벌겋게 붉은 부끄러움도 함께 나눌 수 있었고
떨어지는 낙엽에도 까르르 웃으며 등교하곤 했었지

강풍을 헤엄치듯 즐기던 객기 어린 시절에도
함께 있었던 우리
이제 우리는 부끄러움을 부끄럽다 알고
떨어지는 낙엽에 웃음 대신
서글픈 소주를 마시는 나이가 되었다
변하는 모든 세태 속에
뜨거운 사랑의 맹약은 없더라도
영원히 넘실거리는 변치 않는 파도와 같이
너 내 삶 안에서 출렁거린다

때로는 세찬 파도처럼 나를 강하게 해주고,
때로는 너울 물결처럼 따스하게 나를 감싼다
세찬 바람에 칼로 베인 듯 비틀거릴 때에도
너는 나를 어루만져주었다
화려한 네온사인 쏟아지는 거리를 지나
어둑한 길에도 함께 걸어가는 것.
그것이 동행, 우정 아니겠느냐

철없던 어린 시절을 뒤로하고
찬란한 청춘 더운 숨결 한편에 둔다
그 길목마다 너는 그 자리에 있었구나
어제와 오늘을 나누며 미래를 동행하는 우리
영원히 하나의 길목에서 한 길을 바라보자꾸나
빛나는 나의 오랜 벗이여

겨울
-雪

추운 겨울, 시린 얼굴 매서운 떨림
그러나 雪아, 움츠리지 말아라
너는 쉼, 일상의 쉼표이니
하늘과 가장 가까운 천상의 세계다

천상의 징검다리, 하늘의 연인
차가울수록 차디찰수록 몸 당겨 하늘과 마주하는 너는
차디찬 영혼의 자락 끝에 화려한 섬광을 뒤로하고
겨울 도화지 새하얗게 채운다

몸 비틀어 토하듯 쏟아내는 겨울의 깃털인가
밤새 내린 연꽃이 눈부시게 피어났다
산도 강도 겨울 품으로 파고들고
雪, 너는 겨울바람 덮고 하늘과 땅 사이에 서 있다

비상하는 새떼는
매서운 추위 무서운 줄 모르고
너의 곁으로 부서지듯 날아간다.
쓰라린 달빛 하늘 뒤로하며 雪, 너를 깨문다

빛 부서진 雪 밭에 겨울이 수놓은 벽화인가
하늘지기, 봄 마중하는 너는 이리도 다정히
매화꽃을 어루만지는구나
삶의 여명처럼 유랑하는 눈발이
일상에 쉼표를 찍고 지금 이 계절의 길목에 서 있다

저벅저벅
저벅저벅
겨울 털어내듯 심장 소리처럼
네가 귓가에 맴돈다

누군가는 흔적을 남기고 싶어 한다지만
흔적 없이 사라지기에 귀한
너는
하늘과 땅과 가장 가까운 천상이다

케케묵은 달력을 떼고
자꾸만 아른거리는 너의 이름은 마지막
그 순간까지 불타는구나
사라지는 그 순간까지 영원한 만설을 꿈꾸는
겨울, 겨울 나의 오랜 雪이여.

정 상 화

·아호 : 봄결, 울산 울주 배내골 농부시인
·≪대한문학세계≫신인문학상수상 시 등단
·시와글벗문학회 부회장, 대한문인협회 울산 지회장
·2017년 한국문학 우수상 수상
·시집 『스스로 피어짐이 아름다운 것을』, 『산다는 것은 한 편의 詩』와 시와
글벗 동인지 제1집 『그대라는 이름 하나』, 제2집 『문장 한 줄이 밤새 사랑을
한다』, 제3집 『말의 향기』, 제4집 『그대 올 때면』, 제5집 『詩人의 향기』외 다
수 있음
·e-mail : shj7491@naver.com

살아감은 기쁨이다
아름다운 인연을 만나는 것은
그리움은 사랑입니다
땅이 가슴으로 詩를 쓴다
초야初夜
여자라는 삶의 향기
바람처럼 살고 싶다
詩人의 향기

살아감은 기쁨이다

일렁이는 벼 이삭을 보며
농부는 살아야 할 의미를 느낀다
산다는 것 자체가 사랑이므로
물이 돌멩이를 갈고
때론 바위를 비껴가고 휘돌아 치면서
흘러가듯
침묵의 용기로 강해지며
내 삶이 어떻게 읽히든
핏기가 다할 때까지 열심히 사는 게지
꼬물거리는 상추가 귀엽고
넓은 가슴에 속살을 채우는 배추가 예쁘고
고투에서 터지는 콩알이 신비하고
갓 태어난 송아지가 사랑스럽고
산길 구절초가 해맑고
깨 주머니에서 쏟아지는 깨알이
미치도록 좋고
가슴에 고인 사랑으로 행복하니
산다는 것이 얼마나 고운지
그냥 자꾸 웃음이 난다

아름다운 인연을 만나는 것은

아름다운 인연을 만나는 것은
서로의 향기에 취해
말없이 물들어가는 것이다

서로의 환경을 이해하고
서로 색깔을 인정하면서
서로의 향기에 묻혀 가는 것이다

가슴에
나 하나 버리고
너 하나 채워서
서로의 가슴에 둥지를 짓는 일이다

여기서 저기로 가는 길
새로운 세상 둘이 하나 되어
서로의 가슴에 호흡하며
강물처럼 흐르는 것이다

지상에서 가장 어려운 것은

아름다운 인연을 만나는 것이고
그보다 어려운 것은
인연을 곱게 지켜가는 것이다

아름다운 인연이 만들어 지기를
까만 밤 하얗게 기도한다

그리움은 사랑입니다

사랑의 웅덩이 아픔 넘쳐
파 버렸더니
메마른 가슴으로 걷는 길엔 자갈소리만
요란했습니다

산비탈 너덜 같은 성글은 삶에
유성처럼 떨어진 당신 사랑이
싹틀 그리움으로 피어오릅니다

피어난 생각들
깊고 큰 눈동자에 투영되어
밤하늘 별이 되어 당신과 내 가슴 이어지는
사랑의 길이 되었습니다

일을 하면서도 솟구치는 그리움 조각들이
유성처럼 획획 나타났다
사라지는 영상이
가슴 조임 반복으로 나를 허물어지게 합니다

삼월 끝자락에 매달려
벚꽃이 꿈이 되고 사랑이 된 사연
몽당연필로 침 묻혀 까만 하늘에 꾹꾹 눌러
연서를 쓰고 있습니다
그리움은 사랑이라고

밤이 깊을수록 모여진
무더기 탐스러운 꽃들이
뚝뚝 떨어져 당신의 가슴에 쌓여갑니다

피어서 아름다운 이야기
맘에 담아서 더 고운 사랑
사랑이 깊은 만큼 강한 그리움
까만 하늘에 매달려
깊은 동공 속으로 파고듭니다
사랑의 깊이만큼 아프게

벚꽃은 터지고
겨울의 마지막 미련

먼 산 눈 내린 찬바람에 볼기짝
맞은 찰나의 아픔에
꺼이꺼이 울고 있습니다
그리움은 사랑이라고

땅이 가슴으로 詩를 쓴다

다사로운 봄 햇살이
야금야금 찬 기운 갉아먹고
잠자던 땅을 깨운다

바람에 날린 돌 틈 속에서도
떨어져 앉은 자리에서도
물에 휩쓸린 모래 틈에서도
땅의 뒤척임에 놀라 눈을 뜬다

땅은 어머니 가슴
까만 씨앗 하나 품어
따스함으로 푸르게 밀어 올려
창조주가 만든 유전자를 완성한다

풋풋한 땅의 향기 속에
어머니 뽀얀 젖무덤 눈부실 때
심장의 박동 소리와 함께
온 들판이 일어난다

땅이 가슴으로 詩를 쓰고 있다

초야初夜

고운 사연 벌겋게 익어
터질 듯한데
찬 바람에 문드러질까
꼭 다문 앙칼진 입술

살짝 삐져나온 가슴속 향기
스스로 겨워 쌓아둔
고백하지 못한 부끄럼
심지로 밀어 불타고

몸과 마음 하나 된 맑은 영혼
혈관을 타고 부풀어
"사랑한다" 달싹이는
저 고운 입술

한마디 고백으로 흘러내려
하얗게 구겨진 이불에 수놓은
동백꽃 봉오리

여자라는 삶의 향기

지난 삶
숨기고 싶은 이야기
시퍼런 칼날에 도막 난 속내
상처 난 속살에 한 줌 왕소금
고통마저 견디는 초연함
퍼덕이는 당당함은 안으로 삼키고
매운 삶도 온몸으로 받아들여
자신을 삭혀내는 시간
스스로 자신을 담금질하는
눈물겨운 가슴
옷고름 풀고서도 본질은 변하지
않았으니
내 생애 최고의 여자
어찌 사랑하지 않을 수 있겠니?

바람처럼 살고 싶다

가을 햇살이 나뭇잎에 내려앉아
가슴을 열어 보이니 부끄럼으로
발갛게 달아오른다

지난 시간 무게 없는 짓누름으로
꽃피우고 열매 맺은 열정의 조각을
마지막 불 지르고

찬 이슬에 말라버린 육신
스스로 감당하지 못해 뒹굴며
봄의 꽃을 위해 썩어가는 눈물겨운 몸짓

산다는 것,
얇은 언어로 그리기에는 손이 떨리지만
그만그만한 우리네 삶의 끝은 맨손을 흔들 뿐

안개처럼 소멸해도 후회 없는 오늘
바람처럼 흔들다 흔적 없는 뒷모습이
얼마나 아름다운가

詩人의 향기

농부가 되려거든 흙과 뒹굴며
죽도록 흙을 사랑하라

사랑을 하려거든 온몸을 던져
죽도록 사랑하라

시인이 되려거든 가슴 까발린
나만의 향기로 피어나라

삶의 주인공이 되고 싶거든
뚝배기에 끓고 있는 순두부 같은
떨림으로 살아라

꽃을 사랑함은 흉내 내지 않는
꾸밈없는 있는 그 만의 향기 때문

사랑받고 싶거든
죽도록 사랑받을 몸짓으로
암컷과 수컷이 되어 웃고 우는 거야

시와글벗문학회 동인지 제5집

詩人의 향기

초판 1쇄 인쇄 2018년 02월 06일
초판 1쇄 발행 2018년 02월 13일

지은이 김국래 · 김선순 · 박동주 · 심현진 · 오필선
　　　　오현주 · 우현자 · 윤혜숙 · 이경미 · 장선경 · 정상화
펴낸이 김양수
표지 본문 디자인 곽세진

펴낸곳 도서출판 맑은샘　**출판등록** 제2012-000035
주소 (우 10387) 경기도 고양시 일산서구 중앙로 1456(주엽동) 서현프라자 604호
대표전화 031.906.5006　**팩스** 031.906.5079
이메일 okbook1234@naver.com　**홈페이지** www.booksam.co.kr

ISBN 979-11-5778-263-5 (03800)

*이 책의 국립중앙도서관 출판시도서목록은 서지정보유통지원시스템 홈페이지(http://seoji.
nl.go.kr)와 국가자료공동목록시스템(http://www.nl.go.kr/kolisnet)에서 이용하실 수 있습니다.
(CIP제어번호 : CIP2018004409)
*이 책은 저작권법에 의해 보호를 받는 저작물이므로 무단전재와 무단복제를 금지하며, 이 책
내용의 전부 또는 일부를 이용하려면 반드시 저작권자와 도서출판 맑은샘의 서면동의를 받아
야 합니다.

*파손된 책은 구입처에서 교환해 드립니다.　*책값은 뒤표지에 있습니다.